U0477803

主编　凌翔

新时代精品朗诵诗选

只想明媚地遇见

崔修建　著

中国民族文化出版社

北　京

图书在版编目（CIP）数据

只想明媚地遇见 / 崔修建著. — 北京：中国民族文化出版社有限公司，2020.5
ISBN 978-7-5122-1356-2

Ⅰ. ①只…　Ⅱ. ①崔…　Ⅲ. ①诗集－中国－当代
Ⅳ. ①I227

中国版本图书馆CIP数据核字（2020）第082656号

书　名：只想明媚地遇见
作　者：崔修建
责　编：李易飏
出　版：中国民族文化出版社
地　址：北京东城区和平里北街14号（100013）
发　行：010-64211754　84250639
印　刷：唐山楠萍印务有限公司
开　本：710mm × 1000mm　1/16
印　张：13
字　数：120千字
版　次：2020年6月第1版第1次印刷
书　号：ISBN 978-7-5122-1356-2
定　价：49.80元

目 录

辑一 好时光，且爱且珍藏

辑二 向美好的事物致敬

辑三　欢喜有时，感伤有时

辑四 眼睛苍老了，泪水依然年轻

辑五 在明媚的世界里深情地活着

辑一　好时光，且爱且珍藏

多年以后

多年以后，我依然
喜欢辽阔的事物，譬如浩瀚星空
譬如一望无际的大草原

我已习惯了从檐雨的念珠上
读出春天盛大的心事
习惯了沿着一株古树凸起的皱纹
欣赏风雪弥漫的征程
那么多沧桑，跟在一朵云的身后
一段早已停止了喧响的老河道
安静地躺在夕阳无语的余辉里
一场轰轰烈烈的爱情退场了
依然有烟花绚丽地绽放，在记忆中
百转千回，风记得那些花的香

多年以后，我慢下脚步
在一茎黄叶错落的纹脉里望见自己

如何谦卑地走过那些悲喜交加的岁月
额头有汗珠，背后有清风
胸腔里暖着一颗俗世的凡心
菩萨远走，我慈眉善目地面对天高云淡
删掉庸常的忙碌，我还有大把的光阴
可以独坐，可以发呆

多年以后，我依然活得简单
依然喜欢读一些纯净的诗句
或者写一些朴素的文字
给自己

爱上

像追随太阳的葵花
像忘记了忧伤的合欢树
像一场雨跟在一片云的后面
像一次绽放走在一场欢喜之前
水色山光绮丽无比，收入镜头的
仅仅只是极其有限的一点点

那些散淡的炊烟已翻过了远山
蜻蜓伏在蒲棒上，苜蓿草在路边低唱
山丁子正做着酸后再甜的梦，等待霜降
那匹老马还奔走在宿命的草原上
天空浩瀚，内敛的湖泊泛着更加成熟的光泽

我们路途上偶然遇见，必然相知相亲
在一片格桑花耀眼的包围中欢喜地爱上
仿佛一条大河爱上了流淌，一座山爱上了守望
我们爱上攀援的藤蔓，那些被缠绕的树木
举着纯粹的幸福，致敬每一个静好的日子

珍惜

从今以后，我要节约每一张纸
少用形容词，多用一些简约的句子

那些清风明月，我全部好好地打包
一个人赶路的时候，可作驱散寂寞的薄酒

我会减少一些饭局，远离浮躁的热闹
值得时光浪费的好事物实在太多
来者不拒，只会让自己整日疲于奔命

我应该慎用怀念和瞻望
忘却一朵再也回不到枝头的花
和头也不回的流水，心要硬起来
才能与一场秋风干脆利落地一刀两断

我要多关心一些不知名的植物
那些命中的遇见，应该倍加珍惜

像一粒种子不辜负一生唯一的生长
在阳光里辛勤劳作，不吝惜每一颗汗珠
请无所事事的云走开
读响诗歌，在怦然心动的某一时刻

独坐

独坐，听风，漫漫冬夜
很适合一个人小酌，室外雪落有声
白杨树枝丫间，喜鹊丢弃的草窝
也许还在怀恋那些绿叶鼓掌的日子

山路越来越瘦，那条小河终于缄默了
纷纷的雪，根本覆盖不了往事
一道道车辙，方向明确
连风都不随意乱刮，褪色的对联上
沉淀着祖父朴素而诚挚的愿望

一堆码得整齐的劈柴
望着生锈的斧子，或许会感慨
一生的光阴抵不过一次轰轰烈烈的燃烧

渐渐暗下去的灰烬里
我清晰地看到祖母缝补衣洞的身影

那样知足，一盏 15 瓦的白炽灯
就能照亮荞麦一样朴素的日子
静静地，我将自己坐成一帧素描
抑或一首简单的小诗

深情

我要取下那些沉重的花冠
跟随草尖上的一颗露珠拣回霞光
那些空余的鸟巢，是光阴倒退的驿站
春风依旧，人面桃花成了模糊的背景
站在往昔的某个节点，无法避开
一些霏霏的雨雪
一些凉了热忱的酒杯
我说不出突然的感伤，如同一块石碑
说不出纪念的份量和长度
夕阳牵着炊烟，芳草连着古道
哪一阵风会吹散良辰美景
我始终无法置之度外，又难以转身
在手足无措的进退之间
看到自己傻傻的样子，被温柔以待
如月光下的玉兰花
从白到白，只撷取一生热爱的纯净

暮色

燕子成排地落在黑色电线上
木槿花正一脸倦色
远山是我信赖的朋友
一些旧事，流云也未必能懂

桃花依旧，春风在忙着指点江山
溪水绕过古村，不知年轮的老槐树
在与光阴比赛谁会率先老去
暮色渐重，像经年的一场爱
漫过那些文字的河流，我看到
朝冬天走去的阳光依然明媚
就像攀石而上的青藤依然神采奕奕

麻雀在跳来跳去，觅食或游戏
羊肠小径落寞地望着山外
草籽滚落，说不出的疼
被一朵慢慢赶路的云看在眼里

我一动不动地坐在暮色中
学习洞悉世事的方丈
如何让缄默成为最好的发言

两只憨态可掬的大鹅浮于池塘
幸福，不在梦想中，不在怀念里
墙角那株低眉顺眼的小草
要我致歉不经意间错过的那些美好

江山依旧

刀光剑影皆已暗淡，红颜亦老
风流总被雨打风吹去
热闹的舞台，急促或零乱的鼓点
城头变幻贵贱难分的旗帜
草木皆兵，英雄纷纷退场
空山鸣鹧鸪，谁的心事平平仄仄
有多少繁华就有多少落寞
那些汲汲功名的人
那些草草了却生命的人
有怀恋，有遗忘，关于爱恨情仇
落叶是秋天颁给大地的勋章
一蓑烟雨藏起无尽的悲喜
两行横空的白鹭，在简约地抒情
一杯酒冷暖自知，日月那么短
大河上下，谁的眼里
还飘着过往的风云，看江山依旧

经过

雪落平原，你的忧郁拂过我
雁去无声，天高地阔
衰草在风中怀想春天山坡上的羊群

依山而居的村庄，行人稀落
村头那棵白杨树老得触目惊心
趴在草堆里的小黄狗，懒懒地
瞅着几只麻雀细心地翻出雪中的草籽
盘山公路没白没黑地蜿蜒着
你家的小窗，看不见山外的大河
我还记得你月光下的发梢
栖着一只叫人想象飞翔的红蝴蝶
雪花洁白，经过冬日缄默的田埂
有些疼，你的围巾已经无法遮住

删繁就简的一缕炊烟
素描西风落日，樵夫的斧子锈迹斑斑

一炉默片般的煤火
也许会想起草木噼噼啪啪的歌唱
水瘦山寒，沿着那些漂亮的窗花
经过祖母的芳华岁月
说不出的怜惜，如雪落额头
转瞬即融，且温柔绵长

我读过的一些书

我读过的一些书
是我见过的一些山峦，那些苍翠
如今还在草木身上恣意流淌
还能听到路边花开的欢悦
还能听到老树将要倒下的忧伤
还有夏夜的虫鸣，闪烁的星辰
如何面对一条静水流深的大河

我读过的一些书
是走过的一些路，那些足音
不够响亮，却可以敲动翻卷的历史
可以同那些千古英雄倾心交谈
可以同那些凡夫俗子相亲相爱
至于一些雨雪霏霏的日子
一杯淡酒，或者一轮明月
就能让一枚石子知晓大山的秘密
让一朵飘坠的花重返春天的枝头

我读过的一些书
有很多留白，很意识流
无法说出一根麦芒身上的阳光
无法描绘一支玫瑰摄魂的艳丽
也无法形容两只蝴蝶翩然的舞蹈
我的愚笨，是自然的衬托
像半亩方塘倒映辽阔的天空
像一个省略号连接起贫瘠与富饶

也许我现在的模样
就是我读过的一些书的模样

默望五十

没有一顶漂亮的花冠
没有亮眼的成绩甚至拿不出任何的骄傲
草木般寻常的五十
就连河面上的一叶孤舟都毫不起眼
一杯淡茶，浸着几许不甘
我该怎样打量那些无端流逝的日子
那些余烬里的火星，温暖得有些苍凉
就像被雨水提前劫走的一些花瓣
整整一个夏天，我墙上的镰刀锈迹斑斑
机器隆隆地走过那片麦地，步伐单调
五十，你怪我还在学习刈割

我也曾经在中途加速，两万个外语单词
催白了半头黑发，关于先锋诗歌批评的批评
让难耐的酷暑又多了几许枯燥
风花雪月的文字交给了匆匆而去的青春
在霓虹灯闪烁的午夜，我一度走失了自己

廉价的掌声偶尔响起，像穿过水面的石子
讨巧的成功转瞬即逝
一地的黄叶刺疼了我的眼睛，五十
那副斑驳的对联，选择了向风雨投降
就像从春天的枝头坠落的一枚绿叶
多么不甘，又多么无奈

驿路尚远，那匹老马已疲惫不堪
还有日渐模糊的远村，四下散去的炊烟
将在哪里唤回少年清脆的笛声

半辈子的光阴，摇晃在一碗浑浊的老酒里
越来越重的江风吹着我鼓荡的胸膛
无语的长堤，微霜凝结的稗草
一只低飞的麻雀始终宠辱不惊
风雨提走了那么多故事
谁的梦里不是落英缤纷

还有多少日子可以挥霍，五十
包不住火的纸变得越来越脆
绕过山梁的小溪在赶路，落霞亦如花
大雪正在远处酝酿，那是你给我的馈赠吗
五十，我眼里有海风徐徐的咸涩
也有稻田泛着金光的馨香
自然而然的忧伤，那样美不胜收

逝去

那些白花的灰烬已被风连根吹起
那些优美的悼词已被荒草湮没

沙海一浪低过一浪地向前推移
桑田早已成了一个美丽的传说

写在流水上的文字，落在梦里的鸟
都不是光阴的对手
只是不知哪里的溃败来得更早
重返枝头的绝对不是去年的一帘春雨

一朵花葬埋了另一朵花
我坐在无言的秋风里，看落叶纷纷
逝者的容颜，转瞬便已模糊
只剩下大把的怆然，如一枚枚枯蝶

爱过

高过四季的云朵，逐水而去
突然飞过山岗的鹧鸪
带走了一些清亮的日子
一些随风飘落的叶子
无论心中有多少不甘
都得把自己交给无情剥开的光阴

除了感谢，还能说什么
所谓的沧桑亦不过是一次转头
一如那些汁液饱满的誓言
也抵不住颜色越来越深的河道
你抚过的月下柳枝
又等来了昨日的春风
却丢掉了曾经单纯的欢欣

爱过或被爱过
你努力握住的，恐怕也只是

一个个苦乐缠绕的回忆
无人可诉，最深的心事
即使全部裸露在巨大的岩石上
也难免会被无视地略掉

或许这样也好，爱过
宛若一道拂过万亩荷塘的闪电
那倏然的幸福颤动
短暂而恒久，无论是进还是退
你我似乎都信心在握
有时却又无可奈何

低头

不是顺从了风的压力
像谷穗低下头，谦卑地
收藏了无数深邃思想的大地
成熟降临前的一些思考
比花朵盛开更有必要

谁还在喋喋不休地争辩
被光阴轻易取走的那些不甘
我也有过，就像深夜里的哭泣
即使说了有人也不懂
黄叶翩然滑落，与枝头一别两宽
乡关何处，一行白鹭苍茫了暮色

我从未想过攀上高高的山峰
只是一路悠然向前
低头看看路边的闲花野草
或踢飞一块硌脚的石子

或欣赏一下随遇而安的小河
玉米一样卑微的小人物
怀揣小小的欢喜
低头赶路，是很寻常的事情
就像那些散淡的云烟

与你对坐

我看见矢车菊紫色的喜悦
将淡淡的暮色拉得更近
两只走路摇摇晃晃的大白鹅
还站在村口那条有些泥泞的路上
我不知道穿过多少风雨才算经历沧桑
也不明白一片云要将泪水藏多久
才能酣畅淋漓地落下
至于一杯浓烈的高粱酒
又能消解多少烦恼
或许一片朦胧的月色给出的答案
比你我的解释更权威

与你对坐，像两只深情对望的杯子
有旧梦的星辰升起
旷远的九月隐去了澎湃的涛声
墙上的吉他已落满灰尘
少年的歌声，何时坠入了谷底

我的微笑多么像笨拙的表演
而你仿佛一切在握的平静
特别像乡间的那棵谦卑的老榆树
一言不发，也自知光阴的冷暖

那一杯我们已遗憾地错过
这一杯我要与你一生对饮

去年

落花流水春光明媚的去年
每一滴鸟声都叫人浮想联翩的去年
哪一条道路离秋天欢悦的核心更近
身居斗室，我便注定了此生无涯的漂泊

蒹葭苍苍，在风中飘散的那些诗歌
如今又回到了炊烟悠然的故乡
不期而遇的月光照耀我低敛的风尘
含着悲喜的长箫已遗失

从挂满浆果的枝头取下一段往事
我也只是为了聆听
没有你的晴朗，便没有歌唱
即使光阴已搭起阔大的舞台

穿过那些空洞的石罅
去年的一场豪雨
正浸润着柔情似水的根须
沉寂为你，葱茏为你

记忆中的童年

那时，天蓝云白
积雪草在水塘边散步
燕子在屋檐下生儿育女

那时，麦秸垛温暖
村口的老榆树慈眉善目
祠堂里住着本色纯正的先人

那时，偷偷溜进村里的香瓜地
红高粱地能撞见火辣辣的爱情
犁过三遍的田里还能翻出白胖的土豆

那时，白毛风锋利如刀
窗玻璃上结满神奇无比的霜花
能写对联的有才叔叔一直德高望重

那时，牛车很慢
小鱼小虾在河里游得很慢
就像不忍好时光一下子就过去了

铭记

铭记一缕阳光，从五月暖暖地穿过
铭记一片暮色，沿着小城青石板的小径
铭记小小的站台，淅淅沥沥的秋雨
两杯相对无言的咖啡，以及
无数的梦呓，与你有关的秘密
像精心珍藏的相册
每一帧都是生命鲜亮的呈现

铭记一抹笑，风雨中绽开的花朵
铭记一串叹息，无奈的风吹过枝头的热望
一些美好的心愿多情地走在前面
雪落平原，一只松鼠摇晃着漂亮的尾巴
小心翼翼地敲开一颗橡子
简单的幸福一览无余

无数的曾经已烟消云散，我仍愿意
深深铭记我们快乐相握的每一寸光阴
默默祈祷，那些朝前延伸的路上
还能与你形影相随，不舍不弃

我相信

从五月枝头飘落的花朵
一路追随远去的流水
是心有欢喜的，即使彼此不曾言说
就像一首无题小诗
每次阅读，都会有莫名的惊喜

那些月光洗净的日子
那些鸿雁抬高的日子
有草木的芳香，也有流水的暗伤
清风也无法占领的山冈
有着太多不为人知的故事
谁的眼里容不得沙子，谁就会疼痛
就像经历烈火的焚烧
那些草才会绿得更加油光锃亮

一个沿着梦想边缘不停走动的人
让我更加相信

虚掩的门，纸里的火，水上的文字
有着阳光一样迷人的肤色
可以抚慰不顺遂的心情
更可以擦亮一些不愿凋落的热望

下雨的时候

亲密相拥的花草，欢喜地
仰头接受洗礼，自然而纯粹
多么惬意，燕子们斜飞或栖落
一群勤劳的蚂蚁在忙着加固堤防
大地张开怀抱，接纳来自高远的问候
满脸的慈悲，如佛

淅淅沥沥的春雨，心事清亮
我在若断若续的炊烟里
看到某些踌躇满志的升腾，还有
一些潜滋暗长的忧伤

谁说世间的遇见都是久别重逢
人间行走，雨水知冷知暖
细密或疏落，每颗雨珠的表白
都那么君子坦荡荡，干脆利落
就像我一辈子热爱农田的父亲

要么沉默无言
要么一语中的

不撑伞，我有时也到雨中走走
看着雨滴如何从我的发梢
滑落到我的眉宇间
旧日的好时光，依然鲜亮
就像一篇古文，又朴素又隽永

下雨的时候，摊开一本诗集
叫人浮想联翩的美立刻扑面而来
裹着青草的香，石头的凉
还有深山鸣鹧鸪的幽远
似乎触手可及
却让所有的词语黯然失色

十年

渴望野草一样疯长的十年
前行的道路阻且长的十年
欢喜时常袭来的十年
泪水打湿笑颜的十年
一首老歌，葱茏了满目青山
一树春花吟成一弯多情的秋月
一夜秋风吹落无数的星辰

脚踏实地，把一个梦做上十年
一粒灌满热爱的玉米
要孕育出多少金色的孩子
就像一条忘记了归程的大河
要流经多少陌生的村庄
那么多诗句只有一个明亮的主题
从黄叶遍地到满园的姹紫嫣红
哪一朵云能够舒卷自如
哪一滴鸟鸣不是悲喜交加

十年，离故乡越来越远的荻花
仍洁白地飘着，像被劫掠的好时光
亲爱的，我眼里正汇聚潮汐
等你，一同赶赴重来的春江月明

春忆

该怎样诉说
一朵云错过另一朵云
一树繁花错过春江月明
雨水提走了不留痕迹的时光
谁的眼睛里纯洁的忧伤依旧

相似的春天年复一年
你衣袂飘曳的午夜
已是渐行渐远的春草
在一阙宋词里肆意地铺展愁绪
点点滴滴
都是没有伤口的隐痛

随风而去的花瓣
有着怎样的清欢或者不甘
坐在秋天萧萧的落叶中间
我对着远山空濛的微笑

多么像自欺欺人的表演
正如那一刻我挥动的双手
不是向你告别
而是发给某个春天的悼词

像一枚坚硬的核桃
在岁月深深的褶皱中
一颗清芬的心
被蓦然发觉，在敲开后

庄稼地

去乡下，我喜欢
一个人走进生命蓬勃的庄稼地
接受红高粱英姿飒爽的夹道欢迎
抚摸谦卑的谷子低下的头颅
偶尔也会看到几株稗草
在豆苗繁盛的包围中手足无措
金黄的麦浪翻涌着，祖父的镰刀
早已藏起昔日的光荣
乡村的春耕秋收，机械正大显身手

阳光慵懒的午后
每一棵庄稼都在肆意地疯长
密不透风的玉米搭起葱绿的青纱帐
一只野鸡站在田埂上东张西望
不远处的河边，几只羊悠然地散步
慢条斯理的云朵看到我眼里的欢喜

风撩起远山苍翠的心事
我站在庄稼中间，怀想村庄的打谷场
石碾压过的日子已是一坛老酒
汗滴禾下土，我俯下身来
谷穗上的两只蚂蚱也在寻找回家的路

走出庄稼地许久了
我的鞋上还有庄稼亲切的叮嘱
一方水土养一方人
一方人也能养一方水土

陌生的故乡

寂廖的沙石路，望着远处的山
日渐单薄的炊烟，零星的犬吠
小河早已干枯，哪块嶙峋的鹅卵石
还记得村庄少年的容颜

村东小学的操场杂草丛生
两只麻雀不慌不忙地踱来踱去
村西的老井漾不出天空的倒影了
只有那棵静默无语的老槐树
像个哲人望着头顶漫不经心的云朵

农药粗暴地剪除了田间的野草
无需汗滴禾下土，机械照料的农事
有着流水线一样的简单乏味
偶尔的一声牛哞
让那位晒太阳的村民心头一颤

老大回家，没有儿童相问
手机直播已淹没了乡音
只有沿着院墙攀爬的牵牛花
随遇而安，过往的风云
偶尔想起，还有老照片的味道

雨后

这么多的清爽，这么好
葳蕤的林间小径
拉长了我的梦幻光阴
千山已远，云中的鸟鸣
从一首意境深远的古诗中滴落
一匹在夕阳中缓缓移动的白马
驮着草色青青的颂辞
只那么一瞬，我便看见
对面教堂上肃穆的十字架
流泻出柔柔的慈爱
满含叫人心生欢喜的烟火味道

牡丹江林业师范学校

兴中路 14 号，黑龙江省最小的中等师范学校
盛产名师的沃土，森工师资教育的摇篮
无数散在林区内外的优秀学子，像一棵棵红松
擦亮你的名字，并将你的芳名远播

麦子金黄的八月，带着几分忐忑
我站在讲台上，信心十足地接受考核
吉校长赞许了我当场写就的千字文
杨科长疑惑我为何要放弃当记者的机会
我只回答了两个字：喜欢

喜欢为那些蓬勃的青春涂一抹诗意
喜欢在那些明亮的瞳孔里燃一些火苗
喜欢于校长的名士风范马书记的雷厉风行
喜欢蒲德国的风趣幽默杜淑贤的视野开阔
喜欢语文组的同事们的团结紧张严肃活泼
喜欢阚耀云和张柏岩老师大侠一样的酒品

喜欢大姐一样稳重的徐老师和她家博学的先生
喜欢做事风风火火的王艳老师和范红凤老师
还有让我至今还迷恋自然输入法的旭东兄长
还有把我的歌词谱曲编入教材的传庭兄弟
还有什么都不用说也彼此懂得的凤林兄弟
还有那些端起酒杯就一饮而尽的兄弟姐妹
无论走到哪里，我都清晰地记得你们的容颜
记得我们一同在牡林师拥有的好时光
就像一朵云走多远，都走不出故乡的天空
牡林师换了名字，却换不掉我骨子里的热爱
没有桂冠给你，甚至无法献上一支满意的赞歌
我草色青青的八年，我诗意飞扬的八年
都在你深情的注目中，和阳光一起向上攀援

而今天，我抖落一身风尘
站在你撒满金光的操场上，那棵白杨树
摇响浓密而苍翠的叶子，多像给你的诗句
简单而深邃，朴素而明亮

恍然发现

雨送春归，驿路尚在远处
不谙世事的桃花，肆意地粉红
那些青涩的草，只管任性地疯长
宛如被劲风鼓荡的船帆
一见钟情，多么贴心贴肺的词语
值得我们幸福地沉溺
如同被春山收下的那些鸟鸣
升腾的雾霭有了幽远的理由
从一根青藤缠绕中脱身，适度的距离
让我们看见生活可爱的本质
星辰渲染了夜空，又编辑了夜空
一个人临窗，什么都可以想
什么都可以不想
只需静静欣赏一粒种子
抱紧一份欢喜，从容地赶路

辑二　向美好的事物致敬

我无法忘怀

在乡下，我又遇见了那些熟悉的物什
马掌钉、石磨、镰刀、扁担、柳筐
它们目光谦和，衣衫朴素
甚至呼吸，都带着乡野特有的温柔

袅袅的炊烟依然很轻
像儿时的梦，忽然间就无影无踪了
节节草又萌发了新芽，可你已经不在
一滴鸟鸣，春山更空，小径禅意更深

没能衣锦也要还乡
去看看村口那棵喜欢眺望的老榆树
一些路走过了就难以忘怀
就像我们再也走不回去的爱情

对联

那些被光阴之手深情抚摸的门
很需要一些格外热烈的红
大大方方地铺展开来
左手辞旧，右手迎新
这是乡村千年不改的盛大礼仪
一位白发老先生清水洗尘
慢慢研墨，山中日月悠长
一支吸饱了天地精华的毛笔
在长条红纸上开出一朵朵情深意厚的花
成双成对地开在一扇扇门上
如此直白，幸福安康的祈愿
一年又一年，有些美好的重复
就像屋檐下来来往往的燕子
不管旧词还是新词
在乡村，对联见过太多的风雨
也见过太多的欢喜
即使日子再苦，也要舒展欢颜

这是写在大地上的一副对联

上联是花团锦簇的渴望

下联是脚踏实地的汗水

爱上麦子

爱上麦子，看着那些尖锐的锋芒
怎样熬过烈日的炙烤，一株麦子从青到黄
要抱紧多大的隐忍，要咬碎多少苦难

爱上麦子，会看见滴落的汗珠
变成一颗颗饱满的麦粒，金色的光泽
映亮紫铜的肤色，锻打镰刀的铁匠
最懂得麦子引颈向死而生的英雄气度

爱上麦子，会爱上辽阔的东北大平原
爱上油油的黑土，连同那下面藏着的厚重
谁能想到一场大雪正是温暖的棉被
正是洁白的洗礼，让麦子的心地纯净无瑕

爱上麦子，其实是爱上一种追求
无论是否风调雨顺
都就像我一生很少走出村庄的祖父

悉心照料的日子，简单明了，冷暖自知

爱上麦子，只要一瞬
许多爱恨情仇轻轻放下，时光静好

马齿苋

我有故事，与你密切相关
乡村尘土飞扬的路边，或田埂上
你匍匐着亲吻大好春光
清风吹起，你浅浅地婆娑
似月光轻摇的杨柳，向一把小铲低头
你愿意奋身赶赴一场宿命的约会

平卧或斜倚，你枝蔓伏地铺散
从不掩饰蓬勃的雄心
又能宠辱不惊地随遇而安
黄色小花，没有迷人的香
与泥土肤色相近的种子
沾衣欲湿点点清露
经霜后，依然柔韧十足

你饱满的绿或厚实的暗红
都是草木健康的本色，雨水洗过

烈日烤过，你始终侠骨柔情

为我驱逐夏日莫名的燥热

为我消渴除湿，一味宅心仁厚的中药

偏偏喜欢寻常百姓家的餐桌

喜欢在蒜末和姜丝的陪伴下

讲述怎样的爱才是润物细无声

樱桃

五月之果是樱桃，在山野，在乡村，在都市
那些圆润的红色身影，只是看上一眼
便要口齿生津了，更不要说站在一棵树旁
一颗接一颗，随采随吃，好时光也是那样
只要不偷懒，就可以信手拈来

我不喜欢樱桃那位叫车厘子的欧美亲戚
个大肉厚，甜得有些腻人
还时常在超市里摆出贵妇般的高傲
不如邻家小妹柳条筐里的樱桃
小巧玲珑，有着天然的野性
丝毫不忸怩，甜中带着一丝丝的酸
如同幸福过后的那一缕怅然
樱桃小口的美女，总有些古典意味
像萱草，像菖蒲，像整饬的七言绝句

日啖荔枝三百颗是东坡先生的理想

我只要一棵果实累累的樱桃树
就可以欢悦地度过夏日的酷热
不慌不忙，像穿过方厅的那只老猫

菠菜

初冬萧条的早市上
你瑟缩在落寞的一角
憔悴的形容带着淡淡的霜痕
没有人过问你的苦痛
没有人在意你油绿的憧憬
曾怎样蓬蓬勃勃地
渲染过一个怎样热烈的春季

而此刻，许多崇尚实惠的目光
还在嫌贫爱富地追逐
那些模样光鲜俏丽的水果
和喜欢炫耀高贵的蔬菜
全然忘记了
你内心深藏的铁
曾有着怎样摄人魂魄的光芒
在生命中多么不可或缺

从青葱到枯黄
只有一截短短的道路
我听到了乡间泥土的叹息
还有大雪即将来临的通知
俯下身来，我与你轻柔地牵手
不是怜惜，是突然生疼的爱
很少有人懂得

白菜

层层叠叠
素裳紧裹丰满之躯
白菜的姿态憨厚可爱

清白分明
白菜纯正的本色
在农谚里闪着智慧的光芒
从贫瘠的泥土里钻出
不卑不亢
白菜的向往朴实大方

在寻常人家
白菜受到热烈的欢迎
像一种良好的习惯
白菜自然地走来
不分季节
朴素人们的心肠

白菜的历史由来已久
人们热爱白菜
在心底感受它的力量
就像感受钢铁和粮食那样
诚恳地认识
它与生俱来的某些优点和不足

辣椒

独自成菜或充当佐料
辣椒的风格
都一律呈示鲜明

在农家的屋檐下
我看见辣椒的火焰
如此热烈地抵达
人们的日常生活
冲消许多平淡
如盐，诚实地告诉我们
有些事情有些问题
需要耐人寻味地咀嚼

有很多优秀的人物
心情不好的时候
都选择辣椒
选择一种大汗淋漓的畅快

尔后，信心和力量便陡然而生

辣椒袒露的情感热烈奔放
让男人更像条汉子
让女人也少了一些怯懦
受辣椒熏染的文章
往往对人类的关注
至微至深

韭菜

看见韭菜
你一定会想到白居易的
春风吹又生的离离原上草

但韭菜不是草
韭菜的生命也远胜于草
一次次的刈割
葱茏的向往依然新鲜如初

守着那方不大的天地
默默地倾诉深情
如同痴迷的恋人
恪守海枯石烂不变的忠贞

看到韭菜
就让人感到，活着
实在不是一件容易的事情

如果你还有某些落寞

不妨想想韭菜吧

想想那些坚忍的韭菜

你就会惊奇地发现

有些所谓的失败

和成功并没有本质的差别

车前草

有无深浅的车辙，并不影响
一株车前草的随遇而安
即使被车轮辗过，她也要挺直身子
让可爱的倔强更加名副其实
沾了灰尘的身子反而让她的心地
更加纯净，就像出淤泥的青荷
我看见她在水杯里翠绿的舞蹈
一缕缕的清凉，直抵肺腑
而那些细小的种子
无论依偎在母亲的身边
还是远走他乡，温润的品性
很容易让人想到风雨不惊的山里人
从春到秋，野生的车前草
更喜欢朴素的人间烟火

无名小溪

春光明媚，翠绿正疯狂地攻城掠地
远山是一位包容的宽厚仁者
一条无名小溪依偎在身旁

溪边杂草茂盛，藏不住斑鸠的鸣叫
蓝镜子的天空，闲适的云朵
露出水的石头记得山中的日月
那位浣衣女来自一首清新的唐诗
一对蝴蝶飞过一场轰轰烈烈的爱情

阳光温柔，溪水载着几片云影去远方
杂树生花，一只山羊转过山野小径
哲人似的低头沉思

兜兜转转，小溪无主题的漫流
让我遐思悠悠
一块光滑的鹅卵石上，命运的脉络
如此深切，一如那座年代久远的石桥

镰刀

像我在田间劳作了大半辈子的三叔
腰弯了，镰刀也开始歇息了
麦芒上的蜻蜓早忘了刈割的往事

像那条越来越瘦的河流
走着走着，我的镰刀就陷进了孤独
陷进一段伤感弥漫的民谣

我知道大地上很多顺理成章的事情
比方花朵让位给果实
比方炊烟带走了茅草

坐在小村散淡的夕阳里
眼瞅着大半生的光阴都已被放倒
可我仍握不住一把自由的镰刀
将那些触手可及的爱一一割入篮中

石磨

磨碎了那么多缓慢的日子
你也老了，像掉光牙齿的老人
咬不动金黄的大豆了
也咬不动饱满的玉米了
转着圈就把时光转走了
条条隆起的胸骨，藏起村庄的记忆
沉重碾过的苦涩里有怎样的香甜
除了你，村头那口老井也许会懂得
此刻，你坐在寂寞的夕阳里
几只跳来跳去的麻雀
是否记得逝去多年的那个石匠
记得他当年一锤一凿的认真
与渴望很亲，与隐忍很近
而我扎根城市已久，看到你
就像看到一位久违的亲人
那陌生的亲切，是喉间的一根细刺
说不出的痛，丝丝缕缕

钉子

无需回避，钉子
在挤压与挤压之间
在抵抗与抵抗之间
咬紧执着的信念，将坚毅
实实在在地送达瞄准的前方
一次次秉承打击
一点点顽强推进
钢铁的筋骨，铿锵的足音
总让人想到那些饱经风霜的英雄

面对钉子闪烁的光芒
再柔弱的心灵也会颤栗
相信有一种信仰
真的会永——不——折——弯

作为我们精神中优秀的部分
钉子极其热忱地

构建着我们各种完美的设想

在所有需要深入的地方

钉子的方式就是我们生命的方式

斧子

手里握着斧子
就感觉有股力量
无以匹敌

斧子不喜欢客气
一如我乡间的亲人们
沉默的时候
就一遍遍地抚摸岁月的枝柯
并把修整的愿望
倾注于擦亮的额头
等待召唤
等待抡起的信心
訇然劈削，以适规则
以适美好

秉承钢铁的意志
斧子最不能容忍怯懦

而在举棋不定的犹豫中
斧子拒绝出场

你应该感谢这样实在的朋友
尤其是困难的时候
举起斧子
就是举起了充分的理由
砍碎那些僵硬的框架
和老化的思维
沿舒展的脉络
生活的芬芳跃然而上

热爱斧子
需要正直和足够的勇毅

我长长地注视一枚绿叶

我相信那是一只明眸
深情，沿着春天出发
风吻过雨吻过
小小的心愿，节节向上

必然要经过尘埃
娇柔的身躯碾过季节
百炼成钢，一个成语的中心
站着一个葱茏的名字

那是阳光留下的孩子
那是大地流露的秘密
鲜嫩的愿望
撑着岁月一再远离沧桑

就是那样一枚绿叶
噙着诗歌，挽着信仰
在我久久的凝视中
说，永远是这样的

春风浩荡

蓓蕾绽放前，总要有些紧锣密鼓的铺垫
吹皱的池塘，爬高的风筝，还有零星的小雨

翠得醉眼的草茎，举着多汁的梦
多情的鹧鸪在林间忙着恋爱
午后一杯咖啡，子夜的繁星点点
连每一块石头都会在瞬间点燃
疯长的热望撞击着骨节咔咔作响

每一条街道都撒满了明晃晃的阳光
而你，却在浩荡的春风里越走越远
一如我再也走不回去的好时光

向日葵

道路已选好，你金光四溢的花环
将明媚地旋转整个夏日
像花中的女皇，威仪而典雅

即使站在贫瘠的山坡
你挺直的身板依然那么硬朗
熬过炎炎酷暑，你隐忍的双唇
咬住一个爱的诺言
清风徐徐，你头颅低垂
多么像一位谦卑的思想者
大地无言，虚妄的一切纷纷遁去
谁能够与你纯洁地对视

那些黑白分明的孩子亲密相拥
在西风嘹亮的颂词中，你矜持着
把一份骄傲的成熟挂在深邃的十月
那么多沧桑流过

你仍是我梦中年轻绰约的少女

轻轻掸落肩头仆仆风尘
我这远走四方忧郁的浪子
终于坐到你的对面
望着你追求饱满的额头
一份安详的幸福，正清清爽爽地
流淌在我向你伸出的手上

繁花落尽，星河辽远
我一定要经过雪季的马车
因你这忠实的阳光恋人
所有的寒凉都更像是一种修饰

桃花

贴在春天眉宇的是你么
风姿绰约的小妹
拨响月下的一湾清溪，只有你
将三月明媚的歌声
一叠叠地铺向更远处的绿草地

晓风吹送的杨柳岸，未解的兰舟
在向谁诗意地表白
灼灼的心愿，穿过草本植物茂盛的《诗经》
每走近一步，我都会看见爱情的浪子
怎样怀抱十足的天真，傻傻地
等在那个蓝天一样深情的路口
忘了飞去的绣眼鸟，知晓桃花的秘密

也许错就错在你我爱得太过于诗意
昨日的柴门已无法叩开，墙内的笑声
已被一缕春风送到了潭水深深处

山寺外的石径上，落英缤纷
更大的涛声在群山以外的地方聚集
而你，还是我梦里的一片绯红

来路已断，泪眼凉得楚楚动人
思念是一帧线条杂乱的挂图
所有的解读都好似盲人摸象的武断
不以输赢定结局，那一树耀眼的桃花
目送绝然而去的流水
谁的守望，是一生芬芳的无悔

果园

阳光温柔的手
抚过山冈，抚过梨树，抚过山野的风
抚过一树树粉红色的苹果花
春色满园，蜜蜂乘着歌声的翅膀飞舞

溪水亲吻着柳堤，一群蝴蝶
轻盈地飞入热闹的苹果园
认真品鉴花蕊的甜度
并给果树下的小草轻轻点赞

我喜欢通往苹果园的那条小径
心事简单，在泥土里忙碌的蚯蚓
懂得赢取幸福的箴言
雨水洗过的果园自信更加膨胀

在果园内漫步，多么惬意
随便的一缕风就可以吹动我缤纷的思绪
随意的一滴鸟鸣，就能唤起一段好时光
闪着红苹果圆润的光泽

杨花飞舞

比雪还轻，七月漫天飞舞的杨花
给夏日添几许暧昧的烦恼
很容易让人想到那个轻浮的词语

燃点极低，瞬间便会消逝得无影无踪
那样弱不禁风的软
比贴在水面无骨的浮萍还叫人心疼

听天由命，杨花喜欢跟着风奔跑
没有方向的爱更像是一场豪赌
被谁的手抓住，欣然或不甘
底牌掀开之前只有自我安慰的祈祷

谁还记得坐在枝头上的梦
哪一方泥土会收留人间的一些不如意
比棉花还干净千倍的身子坠入沟渠
自证清白，如霜的月光是最好的老师

夏日的山林

被点燃的，是一个个绿色的树冠
还有裸向蓝天的岩石
还有杂草淹没的林间小径
荆棘丛藏不住的鸟鸣

杂树生花，喜欢缠绕的藤
火辣辣的爱情毫不遮掩
雨水洗亮的枝叶更加精神抖擞
成群的蘑菇探出好奇的脑袋
问询山泉流自哪里又流向哪里
一株野玫瑰的即兴发言
流露草木优雅的本色

摇着漂亮尾巴的松鼠攀上爬下
观察橡子的长势，芍药埋头开花
五味子站在高大的白桦树中间
似乎有些羞涩，山丁子只顾酸着自己

那么多叫不出名的植物随风起舞

关于夏日的山林，我想写一首诗
思绪便立刻葳蕤起来
任意一枚叶子都是不错的素材
阳光吻过，美好兀自生长

山中

看到山中憨厚的柞树
我立刻有了小慈悲
看到红尾雉鸡钻入榛丛
大方地藏起爱的秘密
刺五加多苦也有人采撷
抚平燥热的清风徐徐
戴红帽子的蘑菇，以无邪的童心
向一棵有故事的山毛榉致敬
芍药花在兀自绽放灼人的美丽
萱草的柔香醉了我的眼睛
盘旋的鹰，认真巡视着山山峁峁
家长的威严，亲切毕现
走入山中
天高地阔，草木葳蕤
被幸福迅速包围，仿佛老爱情
已悄然走出某些经典小说

途中

黑云袭来，一只低飞的雨燕
慌乱中竟有一些莫名的兴奋

江堤上的蒲公英在耐心地结着种子
等风吹起，好让自己嫁得更远一些

远山总是以耸立宣读行走的意义
峰顶的积雪一直不肯洁白到下面

没有牧笛，骑牛少年早已进城
那条临水照花的路已然荒草萋萋

星空依然璀璨，萤火虫领路的夏夜
被祖父带到那片空阔的山野好多年了

一路致敬美好的事物，落花窅然随流水
梦中的故乡也在走走停停

牡丹江

秋风总是喜欢删繁就简
江水不疾不徐，我簌簌的心事
飞不过江心岛上起伏的芦苇
悬而未落的太阳，藏在水底的鱼
躲进梦里的鸟群如何压低天空

慵懒的柳堤上，一对孤独的石凳
望着不远处一艘忙碌的挖沙船
再远一些的高楼大厦，车水马龙
江风被拦腰折断，远山依旧庄严
粼粼水波托着我美丽的白日梦
跟在你的身后，我朴素的行囊里
装满时光款款而行的真诚

逐水而来，那些炊烟淡淡的村庄
有着上千年的眷恋，两岸稻花飘香
不管是俏立于你五月迷蒙的烟雨

还是迷失于你冬日铺展的大片洁白
皆无退路，只能与你携手前行
为一个年轻的承诺我愿倾其所有
渐瘦的河床依然流淌着春江月明的渴望
哪一朵花的凋落没有美丽的忧伤
亲爱的牡丹江，欢喜为你，伤心亦为你
我生命中最好的光阴追着你一路奔流

太平路

我愿意把你当作一生的步行街
把所有的白昼和黑夜
都走成徐徐的清风和悠悠的流水

这一端是人流攒动的火车站
另一端则是美丽的牡丹江
中间流淌的是日积月累的繁华与沧桑
鳞次栉比的高楼争抢着触摸蓝天
藏在小巷深处的一些老屋
剥落了青苔掩映的旧事
老作坊主的孙女在热情推销俄罗斯套娃

仲夏夜依然可以眺望深邃的星空
以千年等一回的任性
透过街口沾染了微尘的橱窗
一个乞丐无视肯德基老人的微笑
出租车不慌不忙地穿街走巷

路灯的温柔，还有些纯净
一生中能有多少个日子，可以和你
牵手走过这样一条撒满吉祥的路

真好，有你亲人般的注目
那么多雪花在头顶纷纷扬扬，太平路
依然有温暖陪伴在我的左右
仿佛烟花般眩目之后归于沉寂的爱情

老江桥

当然你已经很老了
只有江心那块越裸越忧伤的绿沙洲
还记得你年轻时俊俏的模样

两岸欲望疯长的高楼鳞次栉比
不少漂亮的俄式建筑已被粗暴地删除
许多前尘旧事只留在黑白照片里

你身旁那座日夜车水马龙的斜拉桥
帅气十足，一身的雍容华贵
很容易让人联想到风流总被雨打风吹去

拖泥带沙的江水奔流不息
你越来越空寂，而我的心底
分明有一列笨重的绿皮火车
驶过我 18 岁的夏夜，载着一轮明月
还有一支略含忧郁的风琴曲

贴好邮票却没寄出的信
比我更懂得缄默的爱多么有力
老江桥钢铁栈道上回响的足音
热烈而任性，一如你窒息冬日的吻

谁说红颜弹指老
老的只是流年，见惯风雨的老江桥
独坐在夕阳平静的余晖里
像胸口的一粒朱砂，仍有光阴的暖

辑三　欢喜有时，感伤有时

凝视

凝视云朵，抬高天空的白，压低目光的黑
凝视拐弯的路，有些不甘，还是顺势而为
凝视倒下的树，死亡不过是赶赴另一场约会

凝视沙暴，一滴水承载千年的救赎
凝视幽深的空谷，多厚的雪才能覆盖往事
凝视斑驳的石碑，遗忘有时比铭记还要艰难

凝视风中的幡，转过多少经筒，虔诚如佛
凝视藏在袖间的铁，慑人魂魄的光芒穿墙而过
凝视门楣上的艾草，历史的馨香在风中缥缥缈缈

凝视一幅山水长卷，河流只管向前，不问西东
随意的一棵树都可以成为知音
有花向晚，暮色中的凝视让我们如此亲近
欢喜有时，感伤有时

我喜欢明亮而美好的事物

我喜欢
一滴擦亮花蕾的露珠
一片深邃天空的云朵
一条流淌小确幸的无名河
一座汇聚百鸟歌声的大山
像摊开的诗集，一行一行
都是一目了然的明媚

我喜欢
一双闪烁真纯的瞳仁
一只攥紧春夏秋冬的大手
一袭披挂风霜与星辰的背影
一粒藏满尘烟的老心
那些光阴里徐徐行走的凡夫俗子
渺小而健康，像一株株向上的玉米
与生俱来的柔韧，叫人心生敬意

我还喜欢一言不发的老井
喜欢月光催眠的山庄
喜欢呼啸着穿山越岭的高铁
喜欢繁华肆意铺展的高楼大厦
静谧与喧嚣，素朴与艳丽
在热爱铺满的小径上
倾听或吟唱，都神清气爽

站在那些明亮而美好的事物中间
我会情不自禁地一遍遍呢喃
活着，真是一件幸福无比的事情

从此以后

朝着每一个鲜亮的日子
我日夜兼程

轻轻折叠从前
迎迓春天，我明净的双眸
为一树又一树的繁花深深吸引

像鸭子一样习惯春江水暖
像蚂蚁一样热爱简单的劳动
学会一脸微笑，面对突如其来的惊雷
即使双脚踩着泥泞
也不会气极败坏，不会让抱怨的石头
砸伤了自己也碰疼别人

还会莫名地落泪
就像一株稻子猝然倒在风中
知道有人会和我突然告别

唯一的记忆会沉入冰河
我擦去左脸的泪痕，右脸上
将会开出宠辱不惊的花朵，如佛

每一步都是墓志铭
没有一条河道不心事重重
我漫过万水千山的目光
最初与最后，都是一往情深

理想

十八岁时，我踌躇满志要平天下
二十八岁时，我期望早日功成名就
三十八岁时，我渴望做衣食无忧的写手
四十八岁时，我愿意始终怀揣一颗欢喜心

节节后退，我的理想
渐渐缩减成更清晰的心愿
犹如开始走下坡路的身体
山峰还在那里，我也只能转身
有些认命，有些不甘

你好，故乡

在一条羊肠小道上遇见你
在一片茂盛的庄稼地遇见你
梦中一次次描摹的故乡
依然有着俏丽的模样

淡淡的炊烟没了熟悉的味道
村口的老槐树像老态龙钟的祖父
小学校已停办，操场杂草丛生
墙角俩留守儿童正沉迷于手机游戏

麻雀在院子里慵懒地踱来踱去
牵牛花爬过油漆斑驳的栅栏
一只没见过世面的小黄狗
面对不速之客，竟忘了叫唤

村北山坡上的坟茔
被越来越高的松柏压低了

那条清澈的无名河已是一道浅沟
向前一步，就能跨进一些青涩的光阴

再也看不到露天电影了
还有麦秸垛里火辣辣的爱情
还有蛙声嘹亮的迷人夏夜
还有猪肉埋在雪里盼望春节的冬日

你好，我的故乡
我彬彬有礼，像一个偶至的游客
许多往事，在辨认中清晰或者模糊

四月的篱笆

朝霞沿着打碗花紫色的裙裾漫射
细碎的金光四下飞溅
早市归来，贤良的蔬菜装满布兜
院子里的苹果树正梳理微风，设计好运

那些低矮的榆树围出友好的篱笆
不挡阳光，不拦风雨，虚心地敞开
为四月搭一道心平气和的绿廊
一群落下又迅疾飞起的麻雀，小心翼翼地
寻觅通向舒适生活的捷径

露珠滚落，一只蜗牛在缓缓地负重前行
没有你的消息，梧桐朝巷口探出身子
一个人足不出户走了两万步
我在等一阵风轻扣虚掩的门
等整个春天旋转起来，只为你

没有一首诗可以挽救一场坍塌
红樱桃闪亮登场，一粒粒圆润如酒
思念的杯子一举起
虚张声势的篱笆便会立刻投降

一场雪的离开

我不关注一朵花的绽开，只想看到
一些花瓣飘坠的姿态
离开的疼，在绽放时就已启程

一场如期而至的雪容易让人昏睡
我没有什么需要埋藏的，甚至眼泪
我也早已交出，欢喜的抑或悲伤的

然而，一场雪拖泥带水地离开
我却忍不住一看再看，细数纵横的掌纹
努力找到一种宿命的必然

包裹许多尘埃又被尘埃劫持的雪
收起了那些云朵的白，似有些不甘地
结束了冷与热无理由的对峙
没有胜者为王，只有热血难凉

一场雪有些狼藉地离开

更像一种生活与另一种生活的切换

更像一场爱接续另一场爱

方向

顺着春风的手指使劲儿地开花
听着落叶的足音保持心态平和
被诱惑，被牵引，它就无比正确
一旦停下脚步，它也难免有些迷茫
山重水复，难的不是找到路
而是找到去花明又一村的方向
谁说大江大河只是一味地奔流
连最沉默的大山都有自己的方向
至于疾风中艰难回巢的鸟
在大雨降临前忙着搬家的蚂蚁
更能生动地说出方向的秘密
像一片麦子喜欢上了收割机
像一只壁虎恋上了浩瀚的沙海
我们仰望满天星辰，脚踏大地
追随一朵雪花旋转的身影
或在午夜里抱住自己号啕大哭
都是因为方向
教会了我们爱，或者不爱

夏荷

将亭亭的倩影定格
连同随风潜入夜的爱怜
眼睛里收藏的每一滴晶莹
都是你芳华岁月的美丽馈赠

满目葱茏醉了整个夏日
你的一缕渺渺的馨香
漾着南朝采莲曲的音韵
古朴而端庄
像一幅夺人魂魄的水墨丹青
又像一首轻快的小令

不早不晚，我们的遇见
有一种感恩宿命的必然
一盏清水可以养莲
与你对视的刹那
我的心骤然圣洁，如初恋

鲁迅和枣树

在先生的院子里有两株树
一株是枣树
另一株还是枣树

那是坚韧的树木
直面寒冬，利剑一样的枝干
很容易让人联想到钢铁
联想到先生那簇起的硬发
以及岩石一样的意志
怎样以火焰的方式
倾泻，在春天姗姗迟来的岁月

理解先生
不妨先理解先生院子里的枣树
在那些孤寂的寒夜
先生怎样踯躅院中
深情地抚摸枣树，让思想

冷峻成犀利的投枪、匕首
勇敢地刺破黎明前的黑暗

先生瘦削的双肩和脸庞
为寒风所致，这和枣树相同
不同的是枣树以沉默
对抗肆意的虐待和欺凌
而先生毅然地选择了呐喊
即使有过短暂的彷徨
也将面颊贴近倔强不屈的枣树
倾听来自高空的啸叫
和脚下运行的地火

同苦难争夺幸福
先生与枣树并肩携手
将坚贞表达得酣畅淋漓

想起朋友

我再也坐不住了，就在此刻
我眼里含着比秋天还深的忧郁

花落山野，远去的车声
一场雨后跟着的还是一场雨
我湿漉漉的双唇
甚至无法咬紧一个如蕾的颤动

谁能够搅动银质的杯盏
将荡漾的思绪抹成一片平静
我的朋友，高天上远逝的流云
和鸟儿一起迁徙的草籽
说呀，哪里的握手
不是伤感低敛的碰撞
不是一首黯然中止的诗歌

就在这万家灯火阑珊的午夜

这一纸陈年的芬芳
竖起的是城墙，放倒的是长路
思念的双足啊
四面楚歌，我孤独的长剑
该怎样劈开这重重的荆棘
让朋友甘甜的汁液
沿着一句久违的问候
轻轻抵达一个又一个陌生的站牌

海明威

你钢铁的名字
必须跟冰山、大海、狮子
自然地联系在一起

乞力马扎罗山上厚厚的积雪
所能覆盖的只是你的一抹微笑
而桑提亚哥那个老渔翁
拖到沙滩上的巨大的鱼骨架
其实也只是你的半截趾甲

没有人能打败你
在那些纷飞的枪林弹雨中
在西班牙火爆的斗牛场上
在烈焰蔓延的飞机残骸旁
你已读出生命的价值与取向
至于你那杆老式的猎枪
顶住喉管的时候

你想到的肯定是一次寻常的旅行

一座冰山，一艘不沉的航空母舰
海明威，你独特的优秀
让许多词汇无法硬朗
面对你呼啸而去的铿锵足音
英雄的渴望，如水涌注全身

遇见老友

我们再也回不到从前了
你已白发斑斑
我也老眼昏花
寒暄都有了强弩之末的味道

你用迷茫送走一片白云
用断续的沉默唤醒记忆
像匍匐的藤蔓，我手指颤抖
一条乖顺的小狗
已叫不出当年的热情
乡下那个无名的草甸子里
我们曾经欢快无比的奔跑
成了一帧模糊的剪影，而夕阳
仍在山外没心没肺地悬着

连啤酒也喝不动了
我们对坐，缄默，秋风婆娑

谁还会穿过一条清凉的小河
采回大捧蓝色的格桑花

渐行渐远的一缕炊烟
让我们看见光阴纵横的皱纹
以及皱纹里斑驳的爱情
多么美，又多么忧伤

再也无法诗意绵绵了
你轻微的一声喟叹
便将昨天打碎，一地的狼藉
让我不忍再仰望空荡荡的枝头

我们终于低下了高傲的头颅
时常酸痛的膝盖，蠕动渐缓的肠胃
再也攀不上去的山梁
都在提醒我们要心存感恩
为曾经那些欢喜的遇见

夏日诗篇

被晶莹的露珠擦亮的葡萄藤
要把多少阳光抱在怀里
才能说出夏日那个热烈的主题

一株正抽穗的麦子
在拨弄一粒粒风调雨顺的念珠
每条河流都在饱满地奔淌，浓墨重彩
连一块石头都在不甘寂寞地燃烧

我相信有些落花是幸福的
被爱情召唤，追随流水一路远行
天蓝得深不可测，山青得秀丽逼人
而突如其来的一阵急雨
多么豪气，又多么任性

坐在榆荫下喝茶，或者打个小盹儿
悄然闯入一个欢喜连连的白日梦

两只蝴蝶嬉戏着跑进菜园
瓜香四溢，热闹的六月装满知足

谢绝减肥，夏日发福的身体
鲜明地呈现令人陶醉的审美风格
至于飘洋过海而来的一场台风
在哪里登陆，都揣着酣畅淋漓的爱

当然，会有许多星空灿烂的夏夜
无需鹊桥，桂树下那个美丽的女子
随时都可以赶赴一场明媚的约会

落花流水

我喜欢这样纯然无瑕的意境
一朵灿烂的落花
一溪清澈的流水
大地上最朴素的简笔画
藏着爱情无比丰富的秘密

我应该感谢那些自由的风
抚过花蕊的手掌
又掬起流水荡漾的涟漪
就像那些游走大地的诗人
只需一次深情的回眸
便有了那么多岁月不朽的诗篇

落花缤纷，决绝中的幸福
一心向远的流水愿意背负
光阴里的卑微与纯洁
以及对某些宿命的不甘

甩掉被硬塞入怀中的泥沙
有情有意的童话，美丽而真实

魂魄芬芳的花朵
深情满怀的流水
携手走过，一程又一程
远远近近，都是迷人的风景

今天

绿油油的小草都竖起了耳朵
那一江的轻柔，多么像旧时的月光
轻柔得近乎忧伤，无需弹拨
几滴檐雨便能说出一怀浩淼的心事

泛黄的日记睡在抽屉里
一些动人的情话也有了霉味
许多东西都被时间熬老了
比方老朋友、老酒、老话题
还有斑驳的老爱情

一只不知名的鸟在窗前叫着
一些不请自来的风吹过
一条干涸的河道在怀念远去的汛期
临街的梧桐依然心事重重
绿色邮车和那些旧信去了远方
那双燕子仍衔着曾经的欢喜

全然忘却了红颜弹指老

今天的阳光依然寻常
墙脚一只壁虎不知要爬向哪里
就像年过五十的我
不知该忆忆从前，还是该好好地
筹划一下有些局促的未来

轻轻照耀

1

且让我十指温暖地
抚过那些迎面而来的日子
江水悠悠，落叶萧萧
仰首十月，满目空阔与澄明
没有雁阵，谁与我对饮秋风

繁花似锦是诗人幻想的桂冠
我更像一介普通的农夫
怀抱泥土一样朴素的心愿
从一粒种子到一束沉甸甸的稻子
我站在风雨必经的路口，等你
等你落花随风的如期而至

2

昨日的一杯咖啡今日已冷
为何你还踯躅于孤独的小屋
让幽闭的小窗囚禁了眺望的目光
一任檐雨的念珠敲着寂寞
一重又一重，像荒芜的古刹

也许此刻我应该选择缄默
就像掌心那些曲曲折折的线条
命运在握，更像是一个美丽的安慰
如一场雪对刈割后的田野的安慰
如灰烬对一次热烈燃烧的安慰

星辉斑斓的午夜
最薄的一页日记也不敢翻动
生怕那些温柔的字句
碰疼了此起彼伏的漫漫心事
谁能够一曲洗尽人生
一再隐忍的思念，是蓬勃的野草
苍翠为你，枯黄也为你

3

回首向晚，翻过崇山峻岭的大河
还在默默地前行，静水流深
落在沼泽里的星星
有着更纯净的眼睛，一颗就能明亮
你我或深或浅的缘

如同佛前的那条木鱼
日夜被敲打，只为一瞬的幸福
所有孤寂的长夜
似乎都在等待石桌上的花开

那个梦多好，多叫人心疼
涉水而来的菖蒲举着庆祝的鼓槌
秋风正缠绵地揽住腰
而一朵云与一朵云亲密的拥抱
多么像我写给你的那些诗句
有梅花的白，有芍药的红
还有一垛稻草的香

4

与你干杯，隔着万水千山
不要花团锦簇，也不要莺歌燕舞
我只要一溪清澈绕过你的竹楼
只要一地的月光陪你
陪你跑过夏夜红狐狸的传说

十年一觉，我没去过多情的扬州
二十四桥下荡漾的波心
却时常走近我的山野小径
杂草掩不住的青苔，一堆小蘑菇
在与白桦树间的清风悄声细语
更远处，太阳岛正牵着高歌的松花江
把雪花啤酒灌了一杯又一杯
把你我一起灌成婉约的蝶恋花
或者豪放的江城子

一生中总要醉几回
为一次萍水相逢的欣然
为一语未了便已深深懂得
为故作轻松的转身
为毫不掩饰的泪雨纷纷
是陷落，是错了也无悔的沉溺
仿佛明天不再来临，只有此刻
才是一生奢望的美，那么地好

读诗

当大山遮断了远去的雁阵
当檐雨的珍珠滑下思念的线条
我就带上一本诗集
去你炊烟袅袅的远村

八百里的阳光一路深情款款
那么多无名的小花都在摇旗呐喊
像一个赴京赶考的白面书生
我怀揣积蓄了几十个春秋的向往
忍不住的欢喜在前面带路
后面还跟着几许含羞草的忐忑

坐在黄昏时分的小村
屋前花香袅袅，屋后树影婆娑
一杯淡茶，两个石凳
小桥流水的故事潺潺流淌
间或有一缕轻烟般的薄愁

滑过你的眉宇，又转入我的呼吸

等清风明月围住了我们
那些星星也开始乖巧地竖耳倾听
我粘满泥土味的东北音
和你江南雨洗过的温柔
错落着，读响那些美丽的诗句
从桃之灼灼读到缠绵的花间词
从柳永的杨柳岸读到纳兰的故园雪
从陶渊明悉心照料的豆苗
一直读到梭罗平静的瓦尔登湖

谁能将朴素的日子过得抑扬顿挫
将大把时光交给一本诗集
你我多么像一对忙碌的蚂蚁
欢喜，是唯一的方向和归宿

早春二月

点点残雪已无法挽留冬天
一蓬蓬枯草压不住的绿
在与越来越活泼的春水谈情说爱

每一个枝头都在膨胀着热望
房前空地上几只蹦蹦跳跳的麻雀
在给谦卑的日子增添一些热闹

独坐清风徐徐的午后
一本跋山涉水而至的诗集
撩起尚未走远的一些城南旧事
还有你，还有午夜的一杯红酒
泪痕红浥，不是我多情
是一生的好时光实在太少

谁还会陪你再醉一场
一曲如何洗尽前尘，我扬起的手

折不断一枝柳，也折不断
绵绵的春日闲愁，无关岁月
我无法模糊你渐行渐远的背影

送别早逝的诗友

凝在黑镜框里的微笑
是你与这个世界最后的告白
你一生吝惜语言，此刻依然
不是我们在送你
而是你在陪我们默默走一程

短短两年，霸道的癌细胞
像疯长的杂草，割也割不尽
眼巴巴地看着一米八的你
有些悲怆地轰然倒下
犹如贝多芬的《命运交响曲》
忧伤漫流，有太多的不愿与不甘

像一场骤然而至的春雨
敲落一枚翠意正浓的叶子
此刻，你静静地躺在无名山坡上
一只羊望着水波不兴的小河

怀想村庄曾经的模样
追风少年跑进萤火虫迷路的夏夜
红狐狸的传说记得你最初的向往

点燃一沓未发表的诗稿
有那些飞不远的蝴蝶陪着你
会多一些温暖，就像纯粹的爱
一想起来，天上的云朵就更白了

那样的夏夜

清风流水还是约请的背景
既然月光已铺满柔情的小径
就沿着葡萄藤青葱的心愿
向上跳跃吧，白狐迷人的传说
连同祖母翡翠手镯上徐徐的温润
还有桃花遮不住的笑声
还有那些提着灯笼的萤火虫
请一起来吧，我凭窗而立
那只旧口琴还在吹着不眠的音符

我的小屋依然是一副贤淑的模样
对面树上两只蝉正在高声地谈情说爱
远处松花江上谁在放孔明灯
江堤上一排排喜欢抒情的杨柳
能否陪我数一夜的星星
直到一滴清露蓦然打醒
我已华发暗生的一帘幽梦

辑四　眼睛苍老了，泪水依然年轻

很好

这一池的清澈藏于深山幽谷
没有俗世的目光追随
很好

在诗意相约的春天
我们举起爱的杯盏
苦涩里渗出一丝丝的甜
久久地，久久地
很好

要拂去多少尘埃
一朵花才能将醉人的清芬
撒进梦中的楼阁
轻轻地，轻轻地
很好

三角梅在断崖兀自开着

无所事事的蝴蝶东奔西走
一杯红酒迷上了溶溶月色
很好

大平原天生辽阔
雁阵刚刚传来冬的消息
那些柔弱的水
就要站成坚硬的城墙
很好

给你

给你海角天涯的浪花，给你浪花上的吻
给你一片澎湃的涛声，给你点点渔火
以及连绵的杨柳风
给你醉了三春的花间词
给你染了秋霜的林间小径
给你羞涩的隐秘，给你肆意地敞开
给你今生必然要赶赴的一场盛世之约

给你一轮千古的皎洁，给你一江的温柔
给你睫毛下的桃花潭水
给你双唇所能抵达的全部浓情蜜意
就像这一生的努力
也不过是山一程水一程
给千里之外的你送一片沉重的鹅毛

心心相印

心心相印，只为那宿命般的遇见
一溪任意东西的流水
与一脉巍峨耸立的青山
用至深的默契，讲述忠贞的经历

从一粒火种里取走温暖
从一片孤寂中提炼坚韧
心心相印的日子
是一地碎屑与满天繁星
那么神色淡定地厮守

匍匐的苜蓿与空阔的荒漠心心相印
舞蹈的浪花与无言的沙堤心心相印
一垛斑驳的老墙
守着树间金色的夕阳
那簌簌飘落的花香，多么像赞辞

真好，那么多的音信杳无后
与我心心相印的
还是那个青春灼灼的你

也许

当我终于穿过游移不定的风
站到你的面前
枝头那片片黄叶已开启告别
我伸出的手只能握住一抹苍凉

如同一本尚未打开的书
那些被阳光收藏的花朵和眼泪
只能等待别人来阅读
而我，还抱着如山的沉默
望着匆匆而去的流水
像一棵被衰老打败的野草
将无声的哭泣藏起

也许还能找到一支年轻的笔
但不知那些被时光冲淡的墨
在皱纹密布的纸上
该如何描摹一场暴风雪后的狼藉
或者一枝红杏迟到的消息

邂逅在太仓

好的爱情，往往有着宿命的味道
就像你我邂逅在太仓
一座雕花的石桥，一溪莫名的柔媚
你杨柳的腰肢、宋词的驻足和昆曲的回眸
还有那一帘寻常的江南细雨
瞬间便抖落了我三十年的仆仆风尘
幸福，挂在每一棵随遇而安的香樟树上

从此，恋上一条蜿蜒的青石小径
恋上一间炊烟袅袅的古朴民居
恋上眼前甜软的吴语和流向天际的大江
因为你，那么多的日子
都涂上了鲜亮的色彩，一如转过古巷
被巨大的玻璃墙大厦摄住了魂魄
我周身急着要开出一万朵水灵灵的小花

四目相对，我们仿佛已畅叙了百年

夕阳中默默无语的庵桥
是世间痴情的恋人，任头顶白云悠悠
心里却只有一个倩影，不离不弃
相信那样的邂逅一定是很美的久别重逢

沙溪，那一帘细雨

欣然赴约吧，沿着花香一路吹拂的古街
我看到明眸善睐的戚浦河
正款款而来，每一棵香樟树都举着一个故事
每一朵广玉兰都藏着一段心事
还有那些迷离的青瓦，那些多情的小径
轻轻地一回眸，就能遇见梦中迷人的水乡
掩不住的温柔，一波一波地漾着

没有兰舟催发，我也不是利济桥边的一位驿客
不为寻古脚步匆匆，也不为赏景徐徐慢行
我一整天一整天地在穿梭于那些亭廊之间
像一片抱紧爱情的青翠欲滴的荷叶
一路悠然，随时会遇见一首婉约的宋词

多么好，江南的一帘氤氲的细雨
始终陪伴着我，且行，且停
与我絮语了一程又一程，就像前世的情人
隔了那么多的光阴，一声轻唤
仍会让我瞬间泪流满面

橄榄岛，仲夏之夜

我要去橄榄岛，带上积攒了三十年的悄悄话
在红狐狸跳跃着跑过的仲夏夜
在翠竹俨然的张家园，栀子花正柔媚地开着
自是花中第一流的桂花有着淑女的矜持
就连沿阶草也洗亮了眼睛
做了最佳听众，从七夕的传说里
听出不同的爱情里飘着相同的味道
一支泅渡光阴的长箫
不为召唤，我不会轻易吹响
就像当年戚浦河边你柔肠百结的转身
已是我今生无法走出的怀恋
羞涩的毛鹃，无语的山茶，坚韧的雷公竹
这么多情意绵绵的草木将我团团包围
我是桃叶珊瑚上那一滴剔透的露珠
藏起万水千山，如今向你倾诉的
却只是这莹莹的一点点
就像飞过迢迢的银河那些喜鹊

反复述说的不过是一个熟稔的字

爱，如此简单

却需要一生倾心地呵护

真好

一场轻松的小雨，洗净了天空
草木葳蕤，不知名的鸟在不停地鸣唱
像《诗经》里的那位红衣少女，穿过小巷
你的裙，拂过吴语柔醉的太仓
我伏在窗前，看那株气度不凡的白玉兰
走过春天的样子多么像我写给你的那些诗句
一枝一叶，都诉说着光阴里的好
转过几座风尘尽染的石桥
你春水迷离的眼神柔软了我的心
即使你什么都没说，我也深深懂得
二十四桥明月夜不是一个简单的意境
风吹杨柳，一株被遗忘的芍药
依然风姿绰约，溪水将潺潺的心事
说与明媚的阳光
真好，我站在市声嘈杂的街角
仿佛一片见惯了世间风雨的琉璃
望着你就要赴约的方向
蔷薇紫色的馨香一点点地
漫过我一直紧紧抱住的爱情

思念

那穿过喧嚣的人群款款走近的，是你吗
五月的短箫吹彻了幽谷深深的心事
那与绿树相映的红润的面颊，是你吗
舒卷的云朵走后，留下六月缠绵的雨声
那些栖落在等待中的音符，是你吗
无数的人走着走着就散了
我还像一个仗剑走天涯的侠客
山高水长，那一路跫跫的足音
是我一生欣然无悔的错误
那些在风中醒着的花瓣
是我心底幽幽的清芬
你知道吗

这一杯

这与秋风一道畅饮的一杯
这与落叶一同绚美的一杯
这与清愁一刀两断的一杯
这与无悔一生追随的一杯
我虔诚地举起
举到渴望燃烧的唇边
一滴未沾，我便沉醉不已

这些白得透明的烈性汁液
凝聚了多少炽热的渴望
沿着玻璃光滑的城墙
我看到了摇晃的古时月光
看到一语未了的桃花
簌簌飘落的疼痛
大片的山河早已换了容颜
一匹老马去了更为辽阔的草原

不为沉溺，不为超脱

苦辣酸甜的这一杯，我一饮而尽

穿过杨柳轻拂的长堤

遥望一江思绪悠悠的流水

从朴素的如梦令咏至缠绵的声声慢

春日

池水清澄，一只黄鹂搭窝在翠柳间
蒲风柔柔地吹，天空的眼神有些迷离

一匹枣红马在山坡上嚼着慢悠悠的时光
老路安祥，村庄依然气定神闲
爬过矮墙的牵牛花开出一丝忧郁
你转身而去的眼里那一汪的欲言又止
优美地击中了我，像磁石贴紧铁钉
像飞蛾扑向升腾的火焰
我被一条河流裹挟，离你的春天越来越远

不知道哪一片云会带来一场淋漓的雨
眺望的远山似乎禅意更深了
青石板间的蚂蚁，将忙碌变成了悠闲
而我，除了想你还是想你

爱着

纵然只是台词极少的小角色
只是简单的舞台
甚至没有稀稀落落的掌声
我仍以十二分的认真投入表演
仅为你粲然一笑

像走在朝圣路上的信徒
唯一的祷词熟稔于心
我虔诚的手上托着朵朵祥云
风沙淹没了古老的驿路
你最初的笑靥仍是镀金的经卷
回眸的瞬间长成幸福的菩提

作茧自缚，我用最细密的万丈长丝
缠绕始终多情的岁月
一炷心香两头燃
每个黄昏的站点都挤满如潮的期待

彼此的城市已开始塌陷

一场更大的风暴正在远处酝酿

悉心照料那么多的鸡毛蒜皮

如同照料微微的偏头疼

从一帧老照片里取下不眠的热忱

满天闪烁的星辰

我只爱一生温暖相依的两颗

还有

还有起伏的峰峦在春光里
还有一溪暗涌的清水
在幽秘的谷底，还有鸟鸣
还有躁动的暴雨在草地深处
还有爱，奔赴你含泪的远方
就像一粒星辰爱上无尽的苍穹
就像一首小诗爱上你的前世今生

无法抹去你的背影，我对光阴说
那落了一地的忧伤的花瓣
也是我笨拙的表白，简单而真诚
万里之外，我咬紧沉默
一个人守着孤寂的城堡
守着一个春暖花开的期许

一个字

一个引爆火山的字
一个掀起海啸的字
一个眩目生命的字
一个岁月无敌的字

从干渴的唇到融通的血脉
与生俱来的神示
我和你，被一个字彻底打败

眼睛里的火焰，胸腔里的落雪
追寻的路上风吹雨打
一个字，砥砺着我们所有的日子
像一棵树迷上一座大山
像一条鱼恋上一江洪波
因为一个简单的字
我们寻常的生活变得活色生香

为你写诗

眼瞅着写一首好诗
已换不来一份精致的快餐
我仍信徒般虔诚地坐在那里
将写给你的那些长短错落的句子
一一认真抚摸

我是在一首诗里爱上你的
你行走在江南烟雨中的微笑
是擦亮玉兰花蕊的露珠
你暮色中朦胧的背影
是吹开薄雾的一缕清风
一个意味深长的夏日
一树鸢尾花看到了一见钟情
就是擦肩而过时的回眸
瞬间弹落所有漂泊的苦涩

于是，无数个灯光柔和的夜晚
我以笔为马
穿过无数高山大河，激情火烈
日夜徜徉在南方多情的草木中间
漫步石板小径，一座古色古香的小桥
引我渡过迷津，又叫我陷入古巷的迷宫

为你写诗，一枚燃烧的红叶
或一片轻盈舞蹈的雪花
都因为你和你生动的形容
一下子成为我亲密相依的知音
恍然明白那些扑向火焰的飞蛾
决绝中抱紧的是怎样的幸福
一如永不回头的瀑布
碎花溅玉，砸向苍茫大地的誓言
如此简单，如此撼人心魄

会有一天

会有一天
那些雨水浸润的种子
将生长出一个迷人的季节
你月光溶溶的身影
将肆意地铺展槐花一样的清幽

会有一天
那些灌满风声的脚印
将弹奏出一串幸福的歌谣
你凝视许久的枝头
将结出甜润无比的金苹果

会有一天
在临海的小木屋
在椰风与涛声的簇拥中
我会为你读响感动光阴的诗篇

会有一天
雪花覆盖了所有的发丝
白杨树还睁着如疤的黑眼睛
目送你走后的苍穹，寂廖无边

会有一天
无数风景均已黯然失色
无数倾诉都变成了缄默
坐在阳光里，你我傻傻地对望
就像一棵枣树与另一棵枣树

你不是我的彼岸花

你不是我的彼岸花
花与叶并非隔着一生走不完的咫尺之遥
从我这里到你那里只有一条芬芳的大河
沿着那些平平仄仄的路标
我已无数次丈量过憧憬描摹的距离
青石小径在敲打五月攀援的思绪
秋风轻拂的沙洲还在回忆里潮涨潮落
驿路已远，我仍频频地寄出彩笺兼尺素
无人知晓我藏在心底的火焰
只看到我一脸平静地走过你身旁

你不是我的彼岸花
我见过流星滑过夜空的决绝
见过雪花悠然飘坠时的惶惑
像一坡绿草点燃了一个春天
一束烟花照亮无数个绚丽的夏夜
此刻，我还在世俗的泥淖中左冲右突

我这卑微的凡夫俗子，背负沉重的渴望
退至注定无法坚守的城池
思念纵横的大军早已向你缴械投诚

别问曾是怎样惊鸿般的回眸
注定了今生这般无法割舍的缘
凝思为你辗转为你欣然为你落寞为你
在明月隐没的午夜，你是映亮书卷的萤光
在酷热炙烤的盛夏，你是倏然拂过的一缕清风
像轮回的四季，在爱照料的每一个路口
我翘首以待的身影从不孤单
知道掌心神秘的线条再也无法更改
假如有一天你突然不辞而别，千里之外
我会翻江倒海地一醉再醉，但绝不心碎
静水流深，我会在余生的每一寸光阴里
将那个刻骨铭心的词汇一握再握

你不是我的彼岸花
不是湖面稍纵即逝的涟漪
不是蓦然回首时的一道彩虹
不是我笔尖匆匆走过的一些风景
不是永远遥迢难以触及的浩瀚星空
不是拨动心弦又了无踪迹的曼妙音符

半步之外，爱着是一种幸福

我被自己的认真劫掠被执着无期放逐

而你不是我的彼岸花

我谦卑的愿望缀满所有感恩的土地

从一粒被岩隙收容的种子开始

此后的好时光全用期待和追寻充盈

喜欢

我口舌笨拙
只能让喜欢包围你
像多情漫溢的空气
像源源不断的阳光，甚至风雨
让你深陷维谷，左冲右突

不遮不掩，我的喜欢
像一碗简单的白开水
像冬日删繁就简的田野
让你坠入奔流的长河，起起伏伏

不讲逻辑，也不谈道理
我怀抱花朵一样的喜欢
从春天明媚地启程，快马加鞭
向你传递即将水落石出的消息
喜欢，喜欢，还是喜欢
甚至那些在暴雨中绽开的百合
也是我纯粹而热烈的告白

朝你走去

不为一季的嫣红或洁白
不为烟花刹那间耀眼的绚丽
不为快意恩仇的一场疾风骤雨
不为偶尔过往的一溪清流

秋天的诱惑此起彼伏
圆润，香甜，丰饶绵绵
一只忙于储存越冬食物的松鼠
不在意苍耳的种子粘住尾巴
有些随缘而来的爱，不能错过
就像一棵橡树站在风口上
眺望，也是一道不错的风景

朝你走去
大山巍峨的誓言高过所有的云朵
一粒沙子也能唤来远海的涛声
我只需一把桃木梳
就能将散乱的心绪梳理成
明媚的沁园春或温婉的如梦令

大学四年级还没有女友你也不必悲伤

穿过那些玫瑰色的梦
你犹如一叶扁舟依然颠簸
颠簸是生命的主题你无法逃避
许多事情没有发生在预言里
这很正常一如七月的一场急雨
无法预料的结果突然将你袭击
但你不能轻易断言这是喜剧还是悲剧
大学四年级还没有女友你也不必悲伤
有时女孩子远远地望着你
其实也是爱你的一种方式

生活里让人忧郁的事情够多的了
在这个多愁善感的季节里
读读唐诗宋词和风花雪月的故事当然很好
可你如果不是为着蓝色的勿忘我
就不要一个人到大山里面去

曾经的誓言已瘦成风中的枝条
你握别的那个女孩正在多情地恋爱
你的悲伤只是感动自己的一篇散文
天高云淡，流水淙淙
拍遍栏杆，也唤不回经年的一帘春雨

岁月留下的遗憾很多很多
但这不是一个真的不是
大学四年级还没有女友你也不必悲伤
我们信赖的那位小说家不会骗你
“爱人啊，路上有的是……”

关于阿丰和他蹩脚的爱情故事

认识阿丰是在某次诗歌沙龙上了
朋友们说阿丰很能写诗
握握手我们就相识了
相识两分钟我们就谈雪莱惠特曼普希金
谈北岛舒婷顾城谈韩东于坚口语诗以及非非主义
阿丰双臂挥舞着让人很容易想起南方的一种植物
“女孩子天生就是一首诗”
阿丰的话很精粹很意味深长

后来阿丰恋爱了数学系的那位披肩发
垄断了他的许多黄昏
阿丰和披肩发常常到咖啡屋调试感情
阿丰深入生活情感涨潮若江水一泻千里
阿丰的诗产量骤增让朋友们嫉妒不已
见面就让他请客
阿丰很畅快地答应真没说的

这世界变化太快是谁也拦不住
那天披肩发跟一个校外的老板去了舞厅
那天一斤老白干让阿丰呕吐了大堆的痛苦
后来阿丰就躲在屋里呆呆地望着窗外
没有阿丰的快乐感染这日子实在乏味
朋友们拍着胸脯说要去教训教训披肩发
阿丰发火了对朋友们第一次发火了
朋友们看着阿丰泪流满面却无可奈何
从此阿丰不再写诗
阿丰的小说开始出名

阿丰现在还没有女友
朋友们只能是干着急
我说阿丰其实男孩子也是一首诗
女孩子有时也不能读懂
阿丰点头说也许真的如此

毕业赠言第十号

说着说着七月就来了七月来了我们就要毕业了
毕业就是握握手从此海角天涯各奔东西了
从来不需要想起永远也不会忘记
至于你还会不会站在黄昏的小径上孤独自己
那我就说不准了兄弟你可要多多保重啊
我们得学会潇洒即使一出门就撞上风雨

我说过会有一个漂亮的女孩子在前方等你
我也说过这年头有时纸张很贵感情很薄
问题是你要好好把握时机千万不要错过了
错过了你就只能在梦里哭泣着遗憾
泪湿枕巾也唤不回一丝温柔只损你青春容颜

毕业后躺在床上想心事的日子不会很多
这是忙碌的时代容不得你的浪漫你的抒情
就像落雪的时候总该顾盼点什么

你真的该想想了在这个年纪尤其是这个年纪
感情不要在一个故事里泛滥该放弃的就放弃吧
走过风风雨雨走过坎坎坷坷走过欢欢喜喜
青春有悔有怨有诗也有读不懂的散章杂句
如今已找不到一支歌为你壮行
那就哭吧笑吧彼此再留下一点儿真实的东西
当然不能扔掉幻想，没有幻想的日子
就像没有音乐的舞会没有落雪的冬天

想想以后吧，愿我们以后都不向生活低头
真的就像我们注定不会永远是天涯孤旅
好好地爱自己也爱别人吧，请时间和事实
证明我们曾经和未来同样优秀同样富有

辑五　在明媚的世界里深情地活着

我想

我想和一只黄鹂促膝畅谈
我想和一树桃花相看两不厌
我想和一朵白云携手走过四季
我想和一山的青翠不醉不归
我想和一江的辽阔岁月静好

我想邂逅一帘唐时的杏花雨
我想遇见一阙宋时的沁园春
我想让李白的那轮明月朗照我的欢喜
我想让易安居士的蚱蜢舟载我的清愁
那些迷人的唐诗宋词
隔了千年，仍是我的至爱亲朋

上课

别无选择，我的挚爱
始终是站在讲台上
眼睛对着眼睛，心跳撞着心跳
凭借这一门古老又不过时的手艺
我可以走进生命的深处
浇花或者打铁，耕耘并且收获

阳光穿窗而入，木制的书桌
被反复书写的黑板
我只需很小的劳作空间
阶梯教室连接外面更辽阔的世界
执一根粉笔，我要描绘花朵
描摹出春夏秋冬斑斓纷呈的色彩
和一生紧紧拥抱的热爱

站在讲台上，我能够
听到大海的喧嚣与落叶的安宁

一些覆了白雪的山路正蜿蜒着
轻轻照耀，我看到远山的祥云
我想说出一株小草阔大的愿望
说出一条大河庄严的流向
一些词语会照亮寻常的日子
我喜欢教师这个称谓
在生活中，我愿意做一名小学生
一生谦卑，好好学习，天天向上

幸福村

转过几道山梁，猝不及防地遇见你
这松嫩大平原上的一个小村
像一行诗中间的逗号，必要的停顿
为你暮色中温暖的炊烟
一群迈着方步朝家中走去的大鹅
让我想起站在村口的母亲，夕阳正好
瞩目秋风里的那棵老榆树

无需走近，一条满眼善意的黄狗
告诉我，找到故乡有时只需一个微笑
有时却要解开一道道复杂的方程
言语过于苍白
我自倾杯，你且随意

我们期盼过太多的繁花
这黄叶轻飘的时节，我囊中羞涩
你用篱笆院、秋菊，一碗暖胃的小米粥

迎接在外漂泊已久的我
幸福如此简单，只要有一掬爱意
山一程也好水一程也好
你好，草木也好

一个人走在春光里

不要在人多的地方谈论诗歌
谁能真正读懂一朵栀子花
春风追荡，那枚绿叶为何提前告别枝头

阳光也会冷落一些草木
空阔的峡谷，溪水哗哗的寂寞
比诗人灯下独坐的身影更浓重
一滴惊心的鸟鸣
顷刻便崩溃了整个春天

草原的夜色被悠长的牧歌缠绕
一匹年轻的马站在古道旁
也许连一场空欢喜也无法遇见
这一杯来自藏北的青稞酒
我先敬头顶的一弯明月
这么多年来，一直陪伴着我
像微微的偏头疼

于尘埃中开出一朵花

烈焰渐渐熄灭，一截木炭
像一个独居多年的老女人
抱着灰烬里尚存温热的往事
默听远去的风声
花瓣落地，倦鸟归林
浓黑的夜再也藏不住
那些日益鲜亮的悲欢交加

西风还在摩拳擦掌
水瘦山寒，孤舟横卧雪野
一粒不甘老去的心
还揣着仗剑走天涯的热望
驿路遥迢，我相信纵情活一回
一天也会胜过十年
就像覆了灰尘的日子
仍能开出一朵花，只要深情凝望

故乡的小河

夏风热烈，我蹲在故乡的小河边
暖暖的阳光烤着山坡，烤着坡上的羊群
烤着茂盛的野草和藏在里面的蚂蚱
烤着我的前胸后背

游过远山的云朵，是祖母喜爱的棉花
一只无所事事的蜻蜓
两只在狗尾巴草上谈情说爱的蝴蝶
一个人的欢喜，常常油然而生

我关心的那些流水
比故乡更容易抚摸，比一道道山梁
更容易亲近诗歌，随手拾起一枚鹅卵石
被河水冲洗的日子愈发清晰

不问来路，不问去程
云影在浅浅地招摇，碎叶，花瓣

追着清凌凌的河水翻山越岭
坐在河边的农民是天生的田园诗人
精心照料庄稼，重情重义
我看见实在的日子，与炊烟一起努力向上
偶尔停下脚步，我与小河无语对望
蓦然惊讶，大半生的流逝竟如此匆匆
而我还在被生活的忙碌紧紧追赶
直到被小河边一群幸福的蚂蚁
生动地教导

写作

做一位纸上劳作的耕夫
我倾听内心的召唤，日夜勤勉
脚踏实地地编织如锦的梦幻
缘着那些紧密相依的方格
凝望的双眸透过一扇扇深情的窗口
一颗颗热爱抚摸的汉字
相约携手而至，簇拥我
且赏清风明月恩宠的小桥流水
且悉心照料天光云影共徘徊的半亩方塘
我小小的蜗居，从此四季明媚如春

我贪婪得像一只迷醉花丛的蜜蜂
在每一颗露珠上啜饮琼浆
在每一枚叶子上推敲阳光
致意那些舞蹈的小花小草
还有那些节节向上的峰峦叠嶂
一如亲近我方正朴拙的至敬亲人

沿着灵感迸涌的思路
纷纷打开的是我渴望葱茏的主题

还有你，我一生倾情的星辰
还在距离之刃上微笑的妹妹
我意象的洪流正浩浩荡荡地朝你挺进
幽深的城门已悄然开启
请你怀抱如花的心愿端坐春天中央
看我怎样飘逸如侠
怎样将泥泞一步步跋涉成坦途
一颗朝圣的心，跪向厚重的大地
面对那些明媚的事物，我谦卑地低头
不单单是因为满怀的敬畏

陪妻子逛街

一生中会有许多这样寻常的时光
你我慢慢闲逛，穿街走巷
慢慢闲逛，穿街走巷
牵着你的手，穿过那么多的车流人流
岁月静好，或许逛街就是生动的写照

走累了，就坐在临街的石凳上
让太阳暖暖地照着我们
一支马迭尔老冰棍，省略千言万语
对面的教堂慈眉善目
我们走走停停，漫无目标
你说逛街就是逛一份好心情
轻松的日子，总会有一些好奇
童年一样简单而美丽

老了，我还陪你逛街
我的左手暖着你的右手，慢慢地走

慢慢地欣赏那些飘坠的黄叶
偶尔回头，一路走过来的美
细碎又生动，像散落的一些诗

朋友聚会

饭菜随意，但一定要有酒
能喝的要争抢着喝
不能喝的也要频频举杯
像一位小说家说的那样
要喝得热闹，像结婚一样的热闹
要喝得海阔天空，草长莺飞
窝在心里许久的话
像开闸的水，泥沙俱下地倾泻而出
卸下沉重，摘下面具
给一句有颜色的笑话添油加醋
酒不醉人，我们愿意醉得清醒
掏心掏肺的时光注定不会太多
朋友聚会，走进有情有义的江湖
从真诚相约，直到杯盘狼藉
这些幸福的好时光，我们决不辜负

有些时光是用来发呆的

不关心一树树繁花的争先恐后
不关心一条河缓慢或急促的流淌
不关心一只蚂蚁辛苦的奔忙
我只想倾空眼睛，倾空耳朵
倾空五脏六腑，干干净净地
站在阳台上，对着一朵云
或一道蔷薇翻过的篱笆发呆
忘了方向，忘了使命
忘了时光的行走，忘了我
像见识了无数风雨的老槐树
什么都不说地站着
连风也神魂出窍了，没有来路
吹散了过往也模糊了前程
瞬间，我便逃离了自己
仿佛死去，却活得异常清醒
怀揣尘世赠与的爱

热爱厨具的妻子

亲爱的，已经年过半百了
你依旧那么喜欢各式各样的厨具
像蜜蜂恋上花蕊，像春雨迷上杨柳风
每次走进商场，你都会兴致勃勃地
走到琳琅满目的锅碗瓢盆跟前
品头论足，仿佛学问高深的专家
一个小巧的煎锅也能让你欢喜不已
像重逢了久别的挚友
你能说出一台厨师机的前世今生
你知晓一台料理机是怎样的魔术师
聊起名牌餐具，你如数家珍
目光里满满的都是陶醉

托起硕大的郁金香状的高脚杯
你说，好生活应该是醇美的红酒
特百惠的油壶设计得多么精妙
见到装佐料的瓶瓶罐罐，你总是

爱不释手，像小女孩抱住漂亮的洋娃娃
很奇怪，婚前几乎不进厨房的娇小姐
不知何时开始喜欢上了烹饪
所谓的幸福，或许就是我在你身旁
看你指挥浩浩荡荡的厨具队伍
说笑之间，便将各种朴素的食材
鼓捣成一桌的形色味俱佳

你的豆浆机已经升级到第五代了
面包机已装备了四个国家的品牌
你常常慨叹厨房太小橱柜太少
装不下大烤箱，欢喜的小烦恼
是尚未大显身手的新款空气炸锅
还寄居在我拥挤的书柜一隅
搬家时才发现，你居然买了
四种风格的筷子盒和三套餐刀
至于慷慨送给亲朋好友的，不知其数
你说喜欢就买，重要的是拥有
就像俗世里的爱情，看得见的好时光
就在热腾腾在蒸汽和油烟里，活色生香

喜欢你做的小炒和你煲的冬瓜汤
还有百吃不厌的手擀面
你拿手的多是一些寻常的饭菜
就像我们的日子，一直简简单单

不管家里的厨具如何更新换代

有时，我们也坐在厨房里
像两只亲密相拥的杯子
望着案板上那些新鲜的果蔬
双立人的刀切开光阴，我们一天天变老
如同秋风里肤色深重的老黄瓜
气定神闲，一碗芳香四溢的莲子粥
柔软了从前，也温润着此刻

以后

以后，是一片流动的风景
是闪烁的星辰是远去的小舟
是经霜的枫叶是落雪的幽谷
是蓄了阳光的一扇小窗
是灌了涛声的一溪清流

以后，是一串响动的风铃
是深邃的苍穹是相依的山水
是错落的足音是握紧的目光
是拂过眉宇的云淡风轻
是飘在心海的红帆素影

以后
是远远近近的召唤
绵绵，仿佛不停歇的潮汐
是真真切切的对视
默默，好像洞若世事的长堤

老师

一个耸入云端上的名字
一个低到尘埃里的名字
一个擦亮瞳仁、明媚四季的名字
一个山河庄严、静水流深的名字
老师，这简单无比的名字
竟如此情深意重

我敬佩那样的凡夫俗子
懂得从稻苗间轻轻拔掉稗草
懂得给焦渴的根清凉的滋润
我仰慕那样的琴心智者
可以打满满一竹篮子的水
可以让石头开出芬芳岁月的花朵
我感恩那样的剑胆仁人
即使守着一间小屋一盏灯
也有海一样辽阔的情怀，如诗
纵然无法屏蔽周遭的嘈杂

也能让每个寻常的日子葳蕤生辉

以一颗心推动另一颗心
以一串脚印启迪另一串脚印
真好，我也能够站在老师的行列
像蓓蕾上悄然滑落的一滴晶莹
像朝秋天深处走去的一枚红叶
可以爱得如此短暂，又如此绵长

一封旧信

一段故事，一种心绪
一些渴望，一些尴尬
一杯举至唇边的醇酒
一帘敲窗打门的春雨

无数次摩挲的信纸早已泛黄
但一些话语，隔着光阴
仍徐徐吹送着暖意
我看到当年明媚的春色
还有写信人那如花的笑靥
甚至驿路上的风尘

在倾诉与缄默之间
在永远与转瞬之间
一封突然翻开的旧信，碰疼我
像久远年代的一位亲人突然来访
惊愕得我一时手足无措

一点点

一点点的青翠
一点点的枯黄
就能燃亮四季色彩鲜明的主题

一点点的微笑
一点点的泪水
就能铺展一生绵绵的幸福

一点点的失误
一点点的遗憾
就能抵达光阴深处的痛苦

我从不奢望太多
有时，只要一点点的爱
就能独自走过漫长的的冬夜

凝视一株草

许多渴望，早已流泻成河
在青黄相接的九月
我与你无语对视，成千古知音

有一种柔韧与生俱来
凝望着你朝冬天走去的背影
我被深深的孤寂攫住
无法回头的路斑驳迷离

远去的雷声，劫走了好几个春天
时浅时深的车辙
碾过了一道道忧伤的流水
一只贪玩的蝴蝶忘了回家的路
就像你被莫名的风遗落
在贫瘠的荒原，形单影只
却那么硬朗，如一个孤胆英雄

谢绝任何悲悯，你低下头来
却不是向谁投降，你知道
被风暴折断的一只翅膀
也不过是与命运的一场相互认证

撇开那些残枝败叶
仿佛前世的一种宿命
一株小草，覆盖了诸多的绿色
与你汁液饱满的凝视
我这井底之蛙
陡然拥有了更为辽阔的思想

在相逢的站台告别

目送你的身影消失于涌动的人流
我双手攥住的不是伤心
是大片大片的空白

那一刻，阳光凉意暗生
糖槭树的叶子无精打采
谁说我对离别已经习以为常
故作潇洒，只是想掩盖那些悲伤
就像一朵云藏起另一朵云
在你面前，我磊落的告白
难免会被世俗的风吹皱

让飘坠的花朵返回枝头吧
若干年后的某个黄昏
你会蓦然发现，傻傻的白杨树
那些如疤的黑眼睛里
正流淌着我远山一样的痴情

在相逢的站台告别

我阔大的悲伤

多么像那幅巨大的广告牌

一面举着繁华

一面印着沧桑

会有一天

那些春雨浸过的种子
将蓬勃出一个迷人的季节
你月光溶溶的身影
将肆意地铺展槐花遍地的清幽

那些阳光漫过的山麓
将铺展出一条旖旎的小路
你调皮的心事
将结出一颗醉人的金苹果

雪落他乡，临海的小木屋
会灌满欢喜起伏的涛声
一只贝壳静静地躺在沙滩上
以死亡给予苟且致命的一击

会有一天，落叶无声
拣拾那些被风收留的草籽

一只麻雀的认真
多么像一个爱情童话简洁的开头

会有一天，无数风景黯然失色
像两个傻瓜，你我呆坐在星光里
一言不发，默默倾听时光安详的行走

再快一点

再快一点
繁花即将落尽
蒲公英就要开启漂泊之旅
秋风将吹低那些柔软的衰草

再快一点
那么多熟悉的身影转瞬已模糊
唯有一抹绯红的微笑
仍在心头摇曳如旗

再快一点
被河水反复地淘洗
一颗越来越圆润的鹅卵石
已收藏了飘荡的云影

再快一点
漫天的风沙正翻过胡杨的肩膀
我要赶紧植下一棵苹果树
在浩荡的大雪隆重地登临之前

瞬间或永远

多少年又是多少年
光彩流溢的金盏花还在
向你伸展的道路已被雨水攻陷
鸭跖草成了撒在沼泽地里的星星

那样毫不迟疑地点燃自己
像三月那些被蓓蕾占据的枝头
除了痛快地绽放，我别无选择

没有谁能够像我这样
为一颗遥远的星辰彻夜难眠
为一株曼陀罗柔柔地心疼
一滴鸟鸣，忧伤了七个春天

不能退却，流年的心愿
已长成夸父逐日必经的桃林
我看到被风筝牵走的一些光阴

有着被爱勒紧的光泽，像一首老歌
无需唱起，就能唤醒你的容颜
比一树灼灼的桃花还要楚楚动人

蓦然回首

我已不是翩翩少年
那镜中的一抹微笑，藏着
光阴带不走的浓墨重彩的风云
爱过
恨过
还有多少的苍茫
仍在心底默默堆积

蓦然回首
沟壑纵横的掌心
又在无语地告白
能爱的日子已经不多
我必须倾心一场突如其来的雨
和那些雨中摇曳的美好事物

停下来，从阳光斑斓的沙地上
捡起一缕温馨的炊烟

轻轻拨动沉船般的心事
我想做一条被水草俘虏的鱼
忘却曾经的河流，两岸的桃花
以及一双脉脉的明眸

闲赏花草

细数覆盆子蓝色的花瓣
百灵的歌声滑过荔枝草的头顶
那些蒲公英随遇而安
举着白花站在稻田边的仙桃草
那么贤淑，又不失蛊惑
而半边莲匍匐在沙地上
怀想并非同门的师妹莲角
皱叶狗尾草摇着漂亮的花鞭
不为争宠，那些姹紫嫣红的植物
各居一隅，相互彬彬有礼
至于苍耳恋上了珊瑚豆
还是香蒲给看麦娘暗送秋波
均是不负春光的恩宠
有爱就说，那是花草的本色
有着光阴美好的姿态